LE POËME

DE LA FEMME

> Vous n'êtes pas dignes des femmes : nous portons l'enfant dans notre sein ; nous y portons aussi la foi ! mais vous, hommes, avec votre force et vos désirs, vous [illegible] l'amour même dans vos embrassements.
>
> (GOETHE.)

PARIS

IMPRIMERIE DE J. CLAYE ET Cie

RUE SAINT-BENOÎT 7

LE POËME

DE

LA FEMME

Ier RÉCIT

LA PAYSANNE

PARIS

PERROTIN, LIBRAIRE-ÉDITEUR

RUE FONTAINE-MOLIÈRE, 41

1853

LA PAYSANNE

I.

C'était le champ d'une campagne aride,
Désert et nu comme après la moisson ;
Tout embrasé d'une chaleur torride.
Le ciel était blanc jusqu'à l'horizon
Où le soleil de sa lumière jaune
Dorait la plage et teignait l'eau du Rhône ;
De grands rochers cachaient dans leurs flancs creux
Les toits fumants d'un village poudreux ;
Silencieuse et morne, la nature
Dormait sans fleurs, sans arbres, sans verdure ;
Dans le champ fauve une vieille en haillons
Allait glanant (la glane, c'est l'aumône
Qu'on laisse au pauvre alors que l'on moissonne).
Effarouchant les lézards, les grillons,
Elle marchait..... et sa main décharnée
Tirait vers elle ainsi qu'une araignée
Dans les sillons les épis oubliés ;
Ronces, cailloux, ensanglantaient ses pieds ;
Comme un cerceau se courbait son échine,
Ses os perçaient sous sa noire poitrine,
Son chef battait ses genoux chancelants,
Et le soleil plombait ses cheveux blancs.
Tel qu'une lampe au fond d'une caverne

Sous son front bas, plissé, rugueux et terne,
Son œil brillait dans l'orbite enfoncé;
A son menton, sur son sein affaissé,
Poussaient des poils comme à celui des chèvres:
Deux ou trois dents longues, des dents de loup,
Blanches encor, luisaient entre ses lèvres:
Sa peau ridée était comme un égout
Où s'amassait sa sueur ruisselante.
Elle chantait, triste et d'une voix lente :
« Il est parti mon galant cavalier!
« Crois qu'il est mort, mais ne puis l'oublier! »
Et, poursuivant toujours sa tâche ardente,
Elle emplissait d'épis son tablier
Rebondissant sous sa gorge pendante.
« Crois qu'il est mort, mais ne puis l'oublier! »
Ce vers sortait de sa bouche édentée,
Note plaintive et mille fois chantée,
Rhythme nerveux réglant le mouvement
Qui dans sa main amenait le froment.

Sous ces contours où saillit le squelette,
Grâce et fraîcheur vous devinerait-on?
Ce fut jadis l'accorte Jeanneton,
Mais aujourd'hui c'est la vieille Jeannette.
Cette pauvre âme eut toutes les douleurs :
On l'écrasa dans sa douceur divine
Comme un beau fruit sur lequel on piétine:
Mais Dieu sans doute a recueilli ses pleurs!
Sa mère était morte jeune, son père
Était pêcheur: enfant, sur les galets,
Elle l'aidait à sécher ses filets:

Il la battait. Grande était leur misère.
De leur labeur le Rhône indifférent
Sans un poisson souvent fuyait rapide :
Alors l'enfant ployait le filet vide,
Et sans souper se couchait en pleurant.
Dans un panier, quand la pêche était bonne,
Elle entassait le butin frétillant :
Puis sur sa tête, ainsi qu'une couronne,
Fière posait son fardeau vacillant.
Dans le village, ou bien de ferme en ferme,
Pieds nus, trottant sous son petit jupon,
Par les rochers elle allait d'un pas ferme.
Tout le pays connaissait Jeanneton :
Et chaque fois que le grand fleuve avare
Leur envoyait dans le menu fretin
Quelque brochet ou quelque alose rare,
L'enfant partait pour le château lointain :
Un beau château célèbre dans l'histoire,
Séjour aimé de quelque prince enfui,
Qu'un Turcaret du récent Directoire,
Hôte joyeux, habitait aujourd'hui.
Là-bas, aux pieds de ces vertes collines,
A l'horizon se dessinaient ses tours.
Pour ses jardins et ses eaux cristallines
On le citait dans tous les alentours.
Suivant les rocs ou traversant la lande,
Hiver, été, faisant le long chemin,
Elle chantait, soutenant d'une main
Son lourd panier recouvert de lavande.
Le but riant c'était le gai château,
Le cuisinier les bras nus sur les hanches,

Le tablier troussé sous son couteau,
Et lui comptant de belles pièces blanches :
C'était aussi, près du maître au balcon,
Quelque danseuse à la grecque parée,
Par l'humble enfant chastement admirée,
Et qui faisait l'aumône à Jeanneton ;
C'étaient surtout les jardins et la serre
Où Jean Brunaut, le fils du jardinier,
En la tenant par la main comme un frère,
La conduisait pour fleurir son panier.
Charmants tous deux. Sous sa jupe en guenille
Elle n'était qu'une petite fille
Montrant son sein tout prêt à se former ;
Douze ans à peine, on n'eût osé l'aimer !
Des traits d'enfant et des grâces de femme,
La gravité d'un précoce labeur,
Des yeux si vifs qu'on en sentait la flamme,
Un air si doux qu'il vous prenait le cœur,
Des dents de nacre, un flot de chevelure
Noir s'échappant sous son bonnet trop court,
Et quelque chose en toute son allure
Faisant songer à la biche qui court.
Lui, rose et blond, l'œil bleu, la mine franche,
Comme ses fleurs toujours brillant et net,
Avait quinze ans. Sous sa chemise blanche,
Sain et robuste, il sentait le muguet.
Quel bon regard, quel pénétrant sourire,
Quels doux propos de leurs lèvres sortis,
Ont éveillé l'amour qui les attire ?
Ils se cherchaient, ils s'aimaient tout petits.
Jean lui faisait et bouquet et couronne,

Et Jeanneton, en retour de ses fleurs,
Triait pour lui, sur les grèves du Rhône,
Les cailloux ronds aux luisantes couleurs.
Jean en formait, dans les chalets rustiques,
Sous la tonnelle, à l'entour des bassins,
Un beau pavé d'agrestes mosaïques
Dont Jeanneton admirait les dessins.

Tels que des flots au courant qui les pousse,
Les jours, les mois, les ans fuyaient pour eux ;
De se revoir l'habitude si douce
Berçait leur cœur comme un refrain heureux.
La pauvre fille y puisait le courage,
Et sous son toit, quand elle avait vu Jean,
Elle rentrait plus vaillante à l'ouvrage,
Cachant ses fleurs et livrant son argent.
Rapace et dur, son père sans vergogne
Laissait à peine une obole à sa faim :
Au cabaret couchait le vieil ivrogne ;
Il en sortait plus brutal le matin.
Comme il tendait ses filets dans le Rhône,
Un jour le pied lui glisse, il était gris ;
Le flot l'étreint, l'écume tourbillonne :
De Jeanneton on entendit les cris ;
Mais vainement dans le grand fleuve on plonge,
L'onde en fuyant ensevelit le corps.
Ce fut si prompt qu'elle croit faire un songe.
Toute la nuit elle erre sur les bords.
Elle gémit, pleure et se désespère :
« O Rhône ingrat ! ô Rhône déloyal !
« Non ! non ! jamais je ne te fis de mal.

« Oh! sois clément, Rhône! rends-moi mon père! »
Le jour parut. Aux flots tendant les bras,
Elle resta longtemps comme insensée :
Mais tout à coup Jean lui vint en pensée :
« Ah! oui! c'est toi qui me consoleras! »
Murmure-t-elle ; et sa main machinale
Prend son panier vide... La mort au cœur,
Elle courait ; la brise matinale
Semblait prêter son aile à sa douleur.
Jean la trouva livide, évanouie
Dans le jardin, seins nus, cheveux flottants :
Par ses baisers il lui rendit la vie.
Baisers d'amour : il avait dix-huit ans.
Il la conduit résolu vers son père,
Qui la regarde et lui dit attendri :
« Elle tiendra la place de ta mère.
« Et dans trois ans tu seras son mari :
« Jusqu'à ce jour sois travailleuse et sage.
« Ma fille, et toi, Jean, respecte-la bien..... »
Il ajouta tous les discours d'usage,
Discours prudents, mais qui n'empêchent rien.

Riante, alerte, à toute heure occupée,
Dans le logis, au jardin, au lavoir,
En noirs sabots, propre, mieux équipée,
L'heureuse enfant faisait plaisir à voir.
Jean l'agaçait de l'œil et de la lèvre :
Pour son désir ce n'était pas assez ;
Vous irritiez son amoureuse fièvre,
Taille, contours furtivement pressés!
De leur jeunesse ils suivirent la pente.

Jean s'éveillait plus ardent chaque jour.
Et Jeanneton, plus belle et plus pimpante,
Sans le savoir l'entraînait à l'amour.

Bras enlacés, le dimanche au village
On va parfois danser au tambourin :
On en revient le soir, on suit l'ombrage
Du parc, on sent l'odeur du romarin :
Trois ans, trois ans, c'est bien long pour attendre
Quand même ardeur vous pousse incessamment.
Le sang est chaud, l'esprit vif, le cœur tendre,
Sur l'herbe en fleurs on s'assied mollement :
Le bois frémit, là-haut les astres planent,
Tout est fraîcheur, repos, sécurité.
Ils sont heureux! Oh! ceux qui les condamnent
Ne le sont plus, ou ne l'ont pas été!

Regardez-les : plus vive est leur jeunesse,
Leur cœur meilleur, leur travail plus joyeux.
A leur douceur se fond toute rudesse,
A leur bonté s'attendrit l'envieux.
Un tel rayon jaillit de leur sourire,
Leurs yeux si bien semblent tout caresser,
Tant de bonheur dans leur être respire,
Qu'on s'en empreint rien qu'à les voir passer.
« Vois-tu! vois-tu, que le bon Dieu nous aime!
S'écriait Jean après trois ans heureux.
« Le temps a fui, notre cœur est le même,
« Et, mariés, nous serons amoureux! »

Son père, enfin, va tenir sa promesse.

Il est bonhomme, il a fermé les yeux.
Le gros curé, le dimanche, à la messe
Lira les bans du couple radieux.
Le samedi, Jean se rend à la ville
Pour les joyaux... Il reviendra le soir.
Il s'éloigna l'œil gai, le front tranquille;
Il reparut pâle de désespoir.
Qui leur eût dit que ce jour de liesse,
Que ce beau jour des apprêts de l'hymen
Serait suivi par des ans de détresse,
Et qu'il faudrait se dire adieu demain?

II.

Les jeunes gars ont quitté la charrue,
Les vieux bergers ont laissé leurs troupeaux.
Tout le hameau dans son unique rue
S'agite et sort comme aux jours de repos.
Sur chaque seuil les femmes sont groupées,
Quenouille en main, nourrissons dans leurs bras;
A leur travail les filles échappées
Marchent par bande et se parlent tout bas.
En les voyant, les mères, les aïeules,
Avec pitié devisent de l'amour :
— « Pauvres enfants, elles vont languir seules:
« Pour la jeunesse, oh! c'est un mauvais jour! »
— « Pour la vieillesse aussi, dit une veuve:
« On nous a pris la fleur de nos garçons :
« Plus de rameurs pour remonter le fleuve!
« Plus de faucheurs pour faire les moissons! »
— « On en revient! » s'écrie un invalide.

— « Je les envie, » ajoute un faible enfant.
— « Mourir est beau ! dit un bourgeois placide :
« C'est la patrie et l'honneur qu'on défend ! »
Une clameur à ces propos fait trêve.
De porte en porte on se dit : « Ce sont eux ! »
De la vallée un chant lointain s'élève :
Il se rapproche et devient moins joyeux.
Sur les rochers, fifre et tambour en tête,
Paraît enfin la troupe des conscrits :
Ils ont tous bu pour prendre un air de fête,
Et leur chagrin s'étouffe dans leurs cris.
Leur poing brandit quelque longue rapière,
La fourche en bois, ou la pique de fer,
De vieux fusils sont déchargés en l'air ;
Cocardes, fleurs, ornent leurs boutonnières ;
A leurs chapeaux des rubans enroulés,
Bleus, rouges, blancs, flottent à l'aventure :
Ainsi l'on voit, quand la moisson est mûre,
Coquelicots et bleuets dans les blés.
On les embrasse, on les fête au passage,
Et jusqu'au soir, à travers le village,
Ils vont criant, pour se donner du cœur :
« Soldats, en marche ! et vive l'Empereur ! »

C'est dans ce gouffre, ouvert aux funérailles,
Que Jean tomba des hauteurs de l'amour.
Napoléon et ses grandes batailles
En jour de deuil changent son plus beau jour.
L'heure est venue (il l'avait oubliée)
Où le canon a réclamé sa chair.
Adieu ! pauvre âme à la sienne liée,

Adieu! vieux père, adieu! jardin si cher:
Tout est perdu! — Sa douleur égarée
Reste insensible; il n'a ni cris ni pleurs.
Vers Jeanneton, qu'il voit désespérée,
Il court joyeux; son esprit semble ailleurs.
Il lui remet l'anneau de mariage
Et le cœur d'or qui pend au velours noir.
« Garde à jamais ces deux gages d'espoir.
« Je reviendrai, dit-il, c'est un voyage. »
Puis il sourit, et machinalement,
Comme un fantôme il embrasse son père.
Le doux vieillard semble devenu pierre,
Et le regarde avec étonnement!
Quel désespoir dans cette dernière heure!
Il est parti!... — L'on dirait que la mort
A visité leur muette demeure,
Elle est ouverte, et pas un bruit n'en sort.
C'est Jeanneton qui pleura la première;
Jeune, l'on a des pleurs pour le chagrin:
En vieillissant la douleur est d'airain.
Elle se tait et mène au cimetière.
Un mois après, sur le seuil de la serre
Jeanneton vit le vieillard étendu.
Il était mort... — Elle avait tout perdu.
Que devenir? — Voisine est la misère.
Elle arriva. Le nouveau jardinier
Avait des fils, des brus, une famille.
De la maison sortit la pauvre fille;
Tout son trousseau tenait dans son panier.
Dans le château ni maître ni maîtresse:
Ils sont partis: pas un cœur à toucher...

Elle s'enfuit, croyant fuir sa détresse.
Un vague instinct la pousse à se cacher.
Elle revient dans la pauvre cabane
Qu'elle quitta quand son père fut mort.
Au seuil disjoint a séché la liane.
Son dur grabat dans un angle est encor.
Elle s'y jette et de ses pleurs l'inonde.
Pas un ami : malade, sans argent.
Dans son angoisse, hélas! plus rien au monde.
Jean est-il mort? — Point de lettre de Jean!
Comme un appel son nom qu'elle répète
Semble évoquer l'ombre de son amant :
Son sein bondit sous un tressaillement.
Et tout à coup elle courbe la tête :
Un grand mystère en elle s'accomplit.
Dans sa terreur s'éteint sa plainte amère.
Elle s'écrie, à genoux sur son lit :
« Pitié! Jésus. » Elle se sentait mère.

Ce que le cœur peut porter de mépris,
Ce que le corps peut subir de tortures,
Vous le savez, ô pauvres créatures,
Filles en pleurs! mères aux flancs meurtris!
Vous le savez, tristes âmes brisées,
Pour qui l'amant ne sera pas l'époux!
Dans vos douleurs, d'implacables risées
Comme des fouets sifflent autour de vous.
Le débauché de vos larmes s'irrite,
Il vous reproche un reste de pudeur;
Votre beauté déchaîne la laideur;
De vos remords s'indigne l'hypocrite :

L'appel du mal et le défi du bien,
Tout vous flétrit, vous accable et vous raille :
Mais dans vos bras aussitôt que tressaille
Le nouveau-né, le monde n'est plus rien.

III.

Pour le désert la nature a des fêtes,
Des lieux choisis que l'homme n'a point vus,
Sur les hauts monts des floraisons secrètes,
De gais sentiers, des lacs, des bois touffus,
Fraîcheur des eaux, aménité des mousses,
Senteurs montant de la terre au ciel bleu.
Combien ainsi vous devez être douces,
Vous dévoilant, vierges, à l'œil de Dieu!
Dans vos splendeurs la cité vous ignore;
Le voyageur ne parle pas de vous.
Mais Dieu vous voit; votre beauté l'adore,
Et vous plaisez à son regard jaloux.
Il est ainsi des âmes inconnues,
Dont les vertus fleurissent en secret;
Tout le parfum de ces urnes élues
Se perd en Dieu comme un encens discret :
Leur sacrifice est offert en silence;
Leur dévouement découle calme et fort,
Leur héroïsme attend sa récompense
Du saint repos que leur promet la mort.
Souffrir l'affront sans qu'aucun bras nous venge,
Subir la faim avec sérénité,
Être martyr sans espoir de louange,
Et s'ignorer dans sa sublimité!

Ames du pauvre, incessantes offrandes
Versant en Dieu vos naïves douceurs,
C'est là, c'est là ce qui vous fait si grandes,
Vous que le Christ doit élire pour sœurs!

Telle on la vit s'élever dans sa chute :
L'enivrement de la maternité
Hausse son cœur; humble et fière, elle lutte
Contre l'affront, contre la pauvreté.
Dès l'aube aux champs qui donc est la première
Pour la vendange ou bien pour la moisson?
Quelle est là-bas l'active lavandière?
C'est elle encor! c'est toujours Jeanneton!
Comme autrefois sur les branches du saule
Elle suspend des filets de pêcheur,
Avec son fils au sein ou sur l'épaule :
Rien ne répugne au pauvre et tendre cœur.
Déjà l'enfant commence à la connaître,
Il lui sourit, bientôt il parlera.....
Il sera grand lorsque Jean reviendra,
Jean reviendra!..... c'est écrit dans sa lettre!
Un soir d'hiver voilà bientôt un an
Qu'à Jeanneton cette lettre est venue :
L'entendant lire elle l'a retenue,
Dans cette lettre elle a retrouvé Jean :
« Ma Jeanneton, nous partons pour la guerre.
« Je reviendrai, je serai ton mari :
« Porte le deuil de la mort de mon père,
« Apprends mon nom à notre enfant chéri. »
C'est tout. — Bientôt il récrira sans doute?.....
Et chaque soir, quand le messager vient,

Elle s'en va le guetter sur la route.
Jamais, hélas! il n'apporte plus rien!.....
Elle gravit alors la grande roche
Dont le sommet domine le canton.
Jean s'en revient et peut-être il est proche :
C'est chaque jour l'espoir de Jeanneton.
S'il n'écrit pas, c'est qu'il ne peut écrire.
Où sont-ils donc ces pays si lointains?.....
Quelle douleur de ne pas savoir lire!.....
Ses vœux perdus s'égarent incertains.....
Tant de labeur, tant de peine soufferte.
Tarit son lait et consume son sang;
Son nourrisson est pâle et languissant.
Contre son sein un soir il reste inerte.
Il devient froid, mais on dirait qu'il dort.
Elle l'étreint, lui parle, le caresse,
Tantôt encore il sentait sa tendresse!
Il a passé du sourire à la mort.

Tout imprégnés des larmes maternelles,
Petits enfants, vous fuyez loin de nous!
Anges, pourquoi déployez-vous vos ailes?
N'étions-nous pas le paradis pour vous?
C'est quand déjà vous semblez nous comprendre,
C'est quand déjà vous êtes ressemblants
A l'être aimé qui vous mit dans nos flancs.
Que l'âpre mort dans nos bras vient vous prendre;
Elle a fermé votre bouche et vos yeux
Que le sommeil souriant venait clore.
Hier vous viviez, hier vous pressiez joyeux
Notre mamelle où le lait coule encore!.....

Jeanneton mit en terre son enfant.
Et survécut à cette angoisse atroce:
Chaque matin sur la petite fosse
On la trouvait à genoux et pleurant.
Comment fais-tu, dégradante matière,
Pour résister quand il faudrait mourir?
Jouis-tu donc quand l'âme la première,
Perdue en toi, commence à se tarir,
Jouis-tu donc d'y surprendre en ruines
Amour, vertus, douleurs, félicités,
Et d'attacher à ses ailes divines
Les fers honteux que toi-même as portés?

IV.

Suintant la graisse et la concupiscence,
Tout bourgeonné des tempes au menton,
Gros-Pierre était un pêcheur d'importance,
Ancien ami du père à Jeanneton.
Si le défunt de boire fut avide,
De bien manger l'était le survivant;
Trois fois par jour sa bedaine splendide,
Repue à fond, bondissait plus avant.
Piments, anchois, piquette, aigre fromage,
En appétit le mettaient le matin;
Puis à midi c'était un lourd potage,
Du lard bien gras cerclé de noir boudin;
Pour le souper, bouillabaïsse au gingembre,
A l'huile, au vin, à l'ail, au poivre gris;
Quelquefois même, aux chasses de décembre,
Il dévorait le lièvre et la perdrix.
Et quand Gros-Pierre avait pris sa pâture,

Plongeant au lit son ventre d'éléphant
Il complaisait à la mère Nature...
Et chaque année il avait un enfant.
Il en fit tant qu'enfin sa pauvre femme
Mère dix fois, un jour s'en fut à Dieu.
Depuis un mois qu'elle avait rendu l'âme,
Tout cotillon mettait Gros-Pierre en feu.
Des dix enfants il n'en restait que quatre;
L'un au berceau, qui pleurait tout le jour,
Et trois plus grands que l'on voyait s'ébattre
Avec trois porcs barbotant dans la cour.
Compatissante avait été leur mère
Pour Jeanneton, qui le devint pour eux :
Chaque matin elle allait chez Gros-Pierre
Faire la soupe aux petits malheureux :
Elle lavait leur linge et leur visage,
Elle apaisait leurs sanglots dans ses bras,
Et remplaçait la défunte au ménage;
Mais, son fils mort, elle ne revint pas.....
Gros-Pierre alla chercher l'infortunée
Au cimetière (il avait son dessein) :
Elle le suit comme la Destinée :
Son âme, hélas! n'était plus dans son sein.
Elle restait errante au cimetière
Avec son fils parmi les jeunes morts :
Dans son logis ce qui suivit Gros-Pierre,
De Jeanneton ce n'était que le corps.
Sans murmurer du travail le plus rude,
Servant le père et les quatre petits,
Ses pieds, ses bras faisaient par habitude
Ce qu'avec cœur elle aurait fait jadis.

Gros-Pierre en vain la conviait à table ;
Elle mangeait à l'écart son pain noir,
Et sur la paille en un coin de l'étable
Se retirait pour dormir chaque soir.
Quoique Gros-Pierre, épiant sa torture,
La convoitât de son œil aviné,
Le fier regard de l'humble créature
Jusqu'à ce jour l'avait comme enchaîné.
Mais la voyant si morne et si défaite,
Il s'affermit dans son emportement ;
De sa détresse il avait l'âme en fête,
Son espérance allait s'en enflammant.
Il était lâche, implacable et colère,
Comme le sont tous les voluptueux ;
Pour bien dîner il eût battu sa mère.

Calme, le cou ployé sur ses cheveux,
Elle dormait une nuit : autour d'elle
Montaient des flots d'azur et de rubis,
Son bel enfant, fait ange, d'un coup d'aile
La revêtait d'éblouissants habits.....
La soulevant plein d'une force étrange,
Il lui disait : « J'ai brisé tes liens.
« Vois ! comme moi, mère, Dieu te fait ange !
« Viens ! enlaçons nos ailes ; suis-moi, viens ! »
Et tous les deux enlevés dans l'espace
Fendaient le ciel tout ruisselant d'éclat ;
Lorsque soudain un souffle la terrasse,
Roidit son corps et l'enchaîne au grabat.
Il lui sembla qu'une bête de somme
Qui dormait là sous son corps la foulait.

Avec terreur en vain elle appelait,
Dans le logis n'habitait que cet homme!.....

Le lendemain se mourait Jeanneton.
On fit venir le curé du village.
Gros-Pierre avait d'un énorme poisson,
Le matin même, au curé fait hommage,
Lui confiant avec quelque détour
Que pour la fille il était tout de flamme,
Mais qu'il voulait, la prenant pour sa femme,
Légitimer devant Dieu son amour.
Ces dix-huit ans! cette fraîche jeunesse
Affriandaient son appétit brutal.
Après avoir goûté de ce régal
Il souhaitait d'y revenir sans cesse.
D'ailleurs le prêtre approuva son dessein:
C'était de Jean réparer le scandale:
Chacun louerait cette action morale;
Enfin, Gros-Pierre était un petit saint!
Lorsque le soir s'apaisa son délire
Jeanneton vit près d'elle le curé :
Au nom de Jean qu'elle avait murmuré,
Il devina ce qu'elle n'osait dire;
« Pourquoi toujours ce vœu désespéré?
« Répondit-il. Aux murs de Saragosse
« Son régiment vient d'être massacré!... »
— « Mort, lui!... Non, non, cette nouvelle est fausse. »
Mais l'accablant, sans pitié ni merci,
Dans la gazette il lui lut le massacre.
Comme le fer résonnait sa voix âcre :
Tous étaient morts, Jean devait l'être aussi!

V.

Le voyageur au retour du navire
Aime à parler des pays visités.
Et tour à tour il se plaît à décrire
Leurs fiers aspects, leurs riantes beautés.
Avec lenteur il erre et s'extasie
De bords en bords, de la Grèce au Liban :
Dans les vallons embaumés de l'Asie
Il nous fait voir le paradis d'Adam.
Il nous redit les contours de la rive.
L'éclat des monts, les ténèbres des bois.
Chaque horizon et chaque perspective
Sont devant nous déroulés par sa voix :
Mais s'il arrive aux plages désolées
Où les vaisseaux sombrent dans les écueils.
Où cieux et mers, montagnes et vallées.
Sont recouverts du drap blanc des cercueils.
De ses tableaux toute couleur s'efface.
Rien ne rit plus à notre œil attristé.
Et notre cœur de l'Océan de glace
Ressent le froid et l'immobilité !
Ainsi la vie a des steppes funèbres :
L'esprit s'éteint, le sentiment est mort.
Pas un rayon ne perce ces ténèbres,
Pas une fleur de ces neiges ne sort.
Quels sons rendraient et quels mots pourraient peindre
Ce désespoir qui cesse de souffrir,
Cette détresse impuissante à se plaindre
Et cette mort qui ne sait pas mourir ?

Le cœur dissous flotte dans la matière :
Où le chercher ? comment le ressaisir ?
Jeanneton fut la femme de Gros-Pierre :
Dans sa misère on la vit s'endurcir.
Avec son cœur sombra dans sa mémoire
Le souvenir de ses belles amours ;
C'était pour elle une lointaine histoire
Qui lui semblait étrangère à ses jours.
Elle eut des fils, des filles. Mais la mère
Devient moins tendre où l'amante a péri :
Plus de baisers sur cette lèvre amère
Et plus de pleurs dans ce regard flétri.
Comment aimer et s'attendrir ? chaque heure
Rive sa chair à la nécessité ;
Le pauvre chien qui garde sa demeure
A moins de peine et plus de liberté :
C'est dès le jour souffrance ou tyrannie
Des derniers nés vagissant et bramant :
C'est par huit fois la nouvelle agonie
De la grossesse et de l'enfantement ;
C'est au logis le linge qu'on rapièce,
C'est la lessive à laver aux jours froids ;
C'est le pain bis à pétrir ; c'est sans cesse
L'eau que l'on puise et les fardeaux de bois.
Quand vient l'été, c'est la moisson brûlante,
Gerbe à lier et blé qu'on va battant ;
C'est en hiver l'olive ruisselante,
Qu'on cueille à l'arbre et que la meule attend.
Toujours, toujours le travail et la gêne !
Toujours, toujours le corps à torturer !
Si bien, hélas ! que pour tuer sa peine,

On aime à boire, on se plaît à jurer !
On en arrive à ce point de misère
Où toute ivresse est attrayante aux sens ;
On trouve bons les baisers de Gros-Pierre,
On a plaisir à battre ses enfants !

Puis on vieillit, les forces s'affaiblissent,
L'adversité dépeuple la maison.
Le mari meurt, fils et filles grandissent,
La guerre prend chaque année un garçon ;
Le mariage, hélas ! ou la débauche
Prennent les sœurs ; tout manque à ses vieux jours.
Lorsque craintive elle fait un reproche,
On lui répond qu'on connaît ses amours ;
On la dépouille, on veut tout l'héritage
Du père mort ; on se pille, on se bat ;
Dans sa maison, au prix d'un dur servage,
On laisse à peine à la veuve un grabat.
Gendres et brus accablent sa vieillesse,
Elle est sans pain, sans feu, sans vêtement,
Et ses petits-enfants, qu'elle caresse,
Avec dédain la battent méchamment.
Rien qui la plaigne et rien qui la console :
Dans le village on la traite de folle,
Parce qu'elle aime à chanter tout le jour,
En travaillant, son vieux refrain d'amour.
Une bohême, à la fin d'un automne,
Un jour de foire au village passant,
Guitare en main s'en allait glapissant
Cette chanson au refrain monotone :
« Il est parti mon galant cavalier ;

« Crois qu'il est mort, mais ne puis l'oublier ! »
Et Jeanneton retint la ritournelle,
Dernier écho qui chante et pleure en elle,
Mots dont son âme a désappris le sens...
Pourtant ce jour où nous la rencontrâmes
Serrant la glane en ses bras frémissants,
Et se traînant dans la campagne en flammes,
Tout en chantant son air accoutumé,
Un feu subit courut sous sa paupière,
Son cœur glacé cessa d'être de pierre.
Son corps éteint se dressa ranimé !

Comme l'on voit, quand se dissout la brume,
Les eaux, les bois s'éclairer dans un champ,
Au souvenir quand l'âme se rallume,
Le passé brille et va se rapprochant :
Tout s'éclipsait et tout était poussière ;
Mais, ô mémoire, avec tes hôtes morts,
Le jour arrive où renaît ta lumière !
Oiseau de feu, de tes cendres tu sors ;
Tu viens du cœur peupler la solitude,
Y ranimant des regards et des voix,
Et l'homme accourt, malgré sa lassitude,
Les bras tendus aux ombres d'autrefois.

L'embrasement de la plage muette
Lui rappelant un jour lointain pareil,
Quelques doux cris de merle ou de fauvette
Dans la pauvre âme ont produit ce réveil.
A l'horizon elle étendit la vue :
Le vieux château que baignait le soleil,

Illuminant ses deux tours dans la nue,
Lui paraissait d'or sur un fond vermeil.
Il lui sembla courir dans l'avenue
Où mille oiseaux gazouillaient leur chanson :
Le cuisinier à la face charnue
Lui souriait debout sur le perron :
Sous les rameaux le vitrail de la serre
S'illuminait : des parfums en sortaient.
Et dans ce cœur submergé de misères
Les souvenirs par degrés remontaient.
Oh! c'est l'amour, c'est encor la jeunesse,
C'est le bonheur!... Elle lui tend les bras :
En laissant choir sa gerbe elle s'affaisse.
Elle repose, elle ne souffre pas.
La vision qu'embrasse sa pensée
Remplit ses yeux, ils regardent sans voir...
Sur les cailloux sa tête est renversée ;
Ses cheveux blancs flottent au vent du soir
Qui la caresse et soulève autour d'elle
Le chaud parfum des genêts à fleurs d'or :
D'un vol rapide une noire hirondelle
Rase son front, plane et revient encor.
Broutant au loin le thym et la roquette,
Les grands troupeaux poussent leur bêlement.
Et des béliers la petite clochette
Répand dans l'air son léger tintement.
Le jour s'éteint... La pauvre vieille expire
A ces doux bruits qui la berçaient enfant ;
Sur son visage erre un calme sourire
Qui dans la mort y survit triomphant.
Puis tout se tait : les champs deviennent pâles ;

L'on n'entend plus que le Rhône qui fuit
Et le coucou jetant par intervalles
Son cri sonore au milieu de la nuit.

VI.

Un soir d'hiver, dans le pauvre village
Les chiens de garde aboyaient au mistral,
Tout était noir des rochers à la plage,
Hors une porte où pendait un fanal :
C'était le seuil d'une salle creusée
Aux flancs d'un roc; l'œil en y regardant
Sur la paroi du fond tout embrasée
Aurait pu voir des ombres se tordant.
Dans l'âtre rouge une énorme chaudière
Fait retentir comme un bruit de sanglots,
Et des mulets agitant leurs grelots
Tournent la meule au cylindre de pierre.
La verte olive, à la forte senteur,
Comme un blé mûr en poussière est broyée;
Puis va s'étendre en pâte délayée
Dans des cabas où filtre sa liqueur.
Des hommes noirs, huilés, souples, bizarres,
Nus jusqu'aux reins et dressant leurs bras forts,
Sur un pressoir croisent de longues barres
Qu'ils font tourner en y pendant leurs corps.
Dans l'eau qui bout d'autres plongent des cruches
Qu'ils vont vider au pressoir mugissant,
Et, s'échappant comme le miel des ruches,
L'huile à flots d'or en rigoles descend.
Le long des murs le marc chaud des olives

Fume étalé : c'est le lit où l'on dort.
Des troncs rugueux, ou de vieilles solives,
Forment des bancs et des tables au bord.
O moulin d'huile, avec les douces flammes
De tes grands feux de branches d'olivier
Chauffant en rond les vieillards et les femmes,
Comme l'on t'aime aux jours froids de janvier!
C'est toi qui mets tout le village en fête.
Dans ton enceinte on danse tous les soirs:
En jupon court l'oliveuse coquette
Vient y sourire à tes mouliniers noirs:
Ton clair fanal la nuit montre un asile
Aux mendiants dans leur route égarés,
Et grâce à toi, bon et chaud moulin d'huile,
Ils ont la soupe et le gîte assurés.

Or, ce soir-là plus froide était la bise,
Et vers minuit les chiens jappaient plus fort,
Lorsqu'un vieillard à longue barbe grise
Parut traînant sa marche avec effort :
Un vieux schako vacille sur sa tête:
Sous son caban troué, son pantalon
Laisse entrevoir la pourpre d'un galon:
Sa veste porte un débris d'épaulette:
Ses pieds sont nus. Quel est cet indigent?
Près du foyer, insensible il s'affaisse;
On le secourt, on l'entoure, on s'empresse.
Dans ce vieillard, qui reconnaîtrait Jean?

Il revenait du fond de la Russie,
Où prisonnier la France l'oublia.

En traversant l'Europe il mendia,
Sa route était par le but adoucie.
Parmi la neige et les steppes sans fin,
Riante au loin il voyait la frontière;
Et, fredonnant quelque marche guerrière,
Il secouait sa fatigue et sa faim.
Aller mourir dans son pauvre village,
Revoir le Rhône, aspirer l'air en feu,
Se retrouver dans le doux paysage
Du vieux château, c'était son dernier vœu.
Songes lointains, spectres des jours prospères,
Vous vous levez quand la mort vient à nous!
Pour nous saisir, poussières de nos pères,
Vous attirez nos atomes vers vous.
Il arriva. Le terme du voyage
Vit le vieillard pâlir et chanceler;
Et jusqu'au jour, comme épuisé par l'âge,
Dans le moulin il dormit sans parler.
Mais avec l'aube il s'éveille, il s'élance,
Il va frapper à chaque seuil connu;
Il crie à tous : « Dieu me ramène en France,
« C'est moi! c'est Jean qui vous suis revenu! »
Nul n'accourait fêter son arrivée;
Plus un ami, pas un toit familier;
Des enfants seuls la bruyante couvée
Dans le village escorte le troupier.
Il marche ainsi, triste, de porte en porte,
Sans éveiller l'écho d'un souvenir.
Depuis longtemps sa Jeanneton est morte:
Mort est leur fils. — A quoi bon revenir? —
Quelques vieillards se rappellent à peine

Le petit Jean, comme eux devenu vieux.
Et le château qui dominait la plaine
Ne dresse plus ses deux tours dans les cieux :
Serre et jardin sont de blanches usines.
Comment donc vivre? Il cherche du travail.
Durant l'été, sur les hautes collines
Le pauvre Jean va menant le bétail :
Durant l'hiver, parfois il vit d'aumône.
Si l'on remplit sa pipe il est joyeux :
Il va fumer sur les grèves du Rhône,
Et sans penser suit le courant des yeux.

Mais une année il sentit sa détresse :
Tout le hameau fut pauvre à l'unisson.
Dans la contrée une âpre sécheresse
Tarit les fruits et brûla la moisson.
Le vin manquait, partout l'herbe était jaune :
Des grands marais l'exhalaison montait.
La fièvre enfin, lorsque arriva l'automne,
Porta la mort où la misère était.

Les trépassés, dans l'étroit cimetière,
Ne trouvent plus la place qu'il leur faut.
Un jour, celui qui les mettait en terre,
Frappé comme eux, soudain leur fait défaut.
Les pauvres morts pourrissent en présence
Des survivants, et, telle est la frayeur,
Qu'en vain on cherche un autre fossoyeur.

En racontant ses exploits d'ambulance,
Jean vint s'offrir pour fouiller le charnier.

Il avait faim. il se mit à l'ouvrage.
Durant quinze ans, la guerre et le carnage
L'avaient trempé pour ce rude métier.

L'aube un matin blanchissait la vallée,
L'enveloppant du suaire des morts :
Un brouillard gris montait de la saulée
Au cimetière, étagé sur ces bords.
Avec effort Jean faisait une brèche
Au pied d'un mur qu'il fallait démolir ;
Et l'on voyait, à l'entour de sa bêche,
Du trou béant des squelettes saillir :
Crânes rongés et faces aux yeux vides,
Côtes, fémurs, cartilages rompus,
Où tout gluants rampaient des vers livides,
Dans leur repas tranquille interrompus.
Jean, tout à coup, dans la terre a vu luire
Comme un bijou parmi les ossements ;
Il le convoite avec un joyeux rire ;
Son œil en a des éblouissements.
Le bras plongé dans les débris funèbres,
Avidement il saisit le trésor :
C'était autour d'un rameau de vertèbres,
Quelques fils noirs où pendait un cœur d'or !
Un papier jaune, empreint de moisissure,
Était dedans !... Jean fut pris d'un frisson.
Quoique le temps eût rongé l'écriture,
Il reconnut sa lettre à Jeanneton !

1853.

PARIS. — IMPRIMERIE DE J. CLAYE ET Ce, RUE SAINT-BENOÎT, 7.

www.ingramcontent.com/pod-product-compliance
Lightning Source LLC
LaVergne TN
LVHW021642170726
843501LV00007B/2378

* 9 7 8 2 3 2 9 6 5 1 7 4 3 *